구름출판사

시작시인선 0334 구름출판사

1판 1쇄 펴낸날 2020년 6월 12일
지은이 김화순
펴낸이 이재무
책임편집 차성환
편집디자인 민성돈, 장덕진
펴낸곳 (주)천년의시작
등록번호 제301-2012-033호
등록일자 2006년 1월 10일
주소 (03132) 서울시 종로구 삼일대로32길 36 운현신화타워 502호
전화 02-723-8668
팩스 02-723-8630
홈페이지 www.poempoem.com
이메일 poemsijak@hanmail.net

ⓒ 김화순, 2020, printed in Seoul, Korea

ISBN 978-89-6021-494-1 04810
      978-89-6021-069-1 04810(세트)

값 10,000원

구름출판사

김화순

천년의
시작

시인의 말

여기는 살찐 거짓말의 세계
착시를 불러오는 구름의 치타델레
처음과 끝을 반사하는 그림자의 이야기
당신이 믿어주면 그리움에 값하는 순간이 되는……

차 례

시인의 말

제1부

물꽃 ——— 13

구름출판사 ——— 14

선릉 ——— 15

숲속 장례 ——— 16

길 ——— 17

바나나 ——— 18

담쟁이 ——— 20

아주 오래된 책 ——— 21

백로 부근 ——— 22

프러포즈 ——— 24

느티나무는 없다 ——— 25

바다의 여자 ——— 26

자월도 ——— 27

별을 쓰다 ——— 28

수작 ——— 29

제2부

우기에는 별이 없다 ———— 33

리플리 중후군 ———— 34

폭탄 ———— 36

호모 체어쿠스 ———— 38

자발적 외톨이 ———— 40

리셋 ———— 42

–라구요 ———— 44

블레드 캐슬 ———— 45

에쿠우스 ———— 46

발설지옥 ———— 47

잠시 ———— 48

미친 개나리 ———— 50

코이의 법칙 ———— 52

구름의 학습 ———— 54

박쥐 ———— 56

제3부

준비불꽃 ———— 59

양떼구름이 돌아오는 시간 ———— 60

페넬로페의 집 ———— 62

불가사리 ———— 64

터널 ———— 65

토르소 ———— 66

고양이요일 ———— 67

매트리스워커 ———— 68

당신의 냄새 ———— 70

꽃 먹는 저녁 ———— 71

단풍 ———— 72

느낌표 ———— 73

리메이크 동백아가씨 ———— 74

비문증 ———— 76

제4부

모닝콜 ——— 81

불량한 하루 ——— 82

파랑의 파란만장 ——— 84

원고지 ——— 86

아무튼 한국인 ——— 87

시간 여행자 ——— 88

나는 한 달에 한 번 금성에 간다 ——— 89

상자 ——— 90

Black out ——— 92

초식동물처럼 ——— 93

자작나무 숲의 안부 ——— 94

암호해독자 ——— 96

유리천장 건너기 ——— 98

살찐 거짓말 ——— 100

해 설

유성호 '시적 현실'을 창안하는 실존적 자의식의 시 쓰기 ——— 102

제1부

물꽃

물고기의 한숨이 물의 옆구리를 간질이면
수면 위에 접시꽃 한 송이 피어난다

물새가 긴 부리로 허기를 저울질해도
호수는 빙긋, 꽃을 피운다

빗방울 손가락이 물의 앙가슴을 툭툭 친다
잘 아문 상처들 오소소 피어난다

수없이 저물다 어둠 아래서 피어난 말들 둥글게 번진다
출렁이던 그리움은 물그림자가 되는 걸까

물 아래서 헛발질한 시간이 파종한 물꽃
물이 받아 안은 나뭇잎과 새 떼의 울음과 달그림자, 별빛……

구름처럼 피었다 사라지는
단단한 물의 지문

구름출판사

목울대에 걸린 시간이 안개로 풀리는 날, 놓친 꿈과 못다 한 말은 구름이 되지요 나 혼자 중얼거린 말은 회색차일 구름으로 떠돌고요 속울음 들킨 비늘구름은 밤비 되어 내리지요 나의 한숨은 누구의 발목을 적시는 비층구름 될까요

흩어지다 뭉치다 흐르다 흘러내리는 편애의 흔적들이, 제 안의 새털구름을 꺼내 든 물푸레나무가 푸릇푸릇 움트는 날입니다 당신이 떠나며 가슴 아래쪽에 걸어둔 말들 매지구름 되었나 봐요 머리 위를 맴돌다 서쪽으로 번지네요 저 두루마리구름은 누구의 가슴을 풀어낸 눈시울 붉은 편지일까요

나는 못다 한 말이 많은 편집증에 걸린 편집자 그래서 구름출판사 하나 차렸지요 매일 흘림체의 구름을 살피고, 접힌 구름 사이에 숨어있는 젖은 새들의 안부를 묻고, 흩어진 물방울을 채집하고 여기저기 떠도는 구름의 행간을 수소문해요 구름이 누설한 비릿한 말과 한쪽 귀가 접힌 시간을 번역하며 놀아요 뜬구름 잡는 책을 편집 중이지요

선릉

이곳은 거대한 마천루 속 허파
오백 년 동안 두 손 감아쥔 무인석, 문인석이
태양을 향해 읍소하고 있다

뒷짐 진 조선소 나무들 무더기로 등지고 쏠린 채
떼거리로 나뉘어 당파 싸움 중이다

아랫도리에 주삿바늘 서너 개씩 꽂은 누대의 양반들
잿빛 허공 향한 헛기침 아직도 쨍쨍하다

고관대작 소나무의 몸값은 수억,
지조와 기개는 몇 푼이나 될까

자동차 경적 소리에 누런 이파리 떨구며 진땀 흘리는 소
나무들
쌕쌕, 거친 숨소리 몰아쉬며 헐떡인다

담벼락 아래 몸 낮춘 민초들만
예나 지금이나 짙푸르고 자유롭다

숲속 장례

숲은 애도로 술렁인다
유리 파편처럼 쏟아지는 햇살의 조문
유지매미가 나무의 눈물을 퍼 올리고 있다
아스팔트를 깨우는 급정거 소리에
눈물 몇 방울 허공에 걸렸다 쏟아진다
담장 위 능소화도 허공 휘저으며
뚝, 뚝 붉은 울음 흘린다
한낮, 그늘 아래 서면 온몸 젖어 들 듯 먹먹해지고
가슴 아래쪽 서늘하다
그늘은 나무가 흘린 눈물의 저장고
삶이 누군가의 죽음이 가져다준 에너지이듯
나무 발등에 차곡차곡 누운 매미 허물들은
선선한 바람을 불러올 것이다
여름내 장례식장을 뒤덮던 초록 울음은
나무의 나이테에 차곡차곡 저장되어
가을이면 엘피판 빙글빙글 돌아갈 것이다
울긋불긋한 노래 흘러나올 것이다

길
—어쩌다 만난 시

발바닥으로 꾹꾹 짚어가며 읽는다
21편 북한산 둘레길

소나무숲길/순례길/흰구름길/솔샘길/명상길/평창마을
길/옛성길/구름정원길/마실길/내시묘역길/효자길/충의
길/송추마을길/산너미길/안골길/보루길/다락원길/도봉옛
길/올래갈래길/발자국길/왕실묘역길/우이령길

구비구비 고비다
구간마다 숨차게 읽히는 변화무쌍한 텍스트다

눈 아래 발자국을 발굴하고, 산벚나무 발등을 덮은 분홍
시간을 타전하고, 초록 능선 뒤덮은 구름의 발자취 따라가
다 보니 모든 잎이 꽃이 되는 가을이다

둘레둘레 둘러보며 완독하는데
네 계절이 다녀갔다

바나나

식탁 위 바나나 한 송이
노랗고 푸른 열대가 출렁인다
야자수 잎을 흔드는 햇살은
바나나를 치워도 사라지지 않는다

바나나 온몸이 누렇게 물러진다
어두워져도 향기는 사라지지 않는다
기억이 살을 붙들고 있다

바나나를 손으로 잘라본다
마음을 들고 있던 손이 뭉글하다
나무를 떠나올 때 놓고 온 생각이 익고 익어서
바나나는 이제 그늘투성이다

늙을수록 향기를 모으는 바나나
손금으로 스며든 미세한 냄새를 씻어버려도
마음을 들고 있는 손은 사라지지 않는다

어둠에 향기와 맛을 가두는 바나나처럼
욕창에서 피어난 고름 꽃처럼

죽음을 환하게 피우는 것들

안에서 나를 두드리며

밖에서 나를 지우며 사라지지 않는 것들

담쟁이

소음 방지 벽에 제 몸 묶고
빗방울 채찍 온몸으로 견디는 이교도들
상처에 맺힌 핏물
빗물에 씻겨 흐른다
십자가 위 그분의 모습이 그랬을까
허공 향한 여린 손아귀엔
믿음 한 움큼 들어있다
기어코 그분을 만나려는 건가
떨어질 듯 하늘 향한 발걸음
푸르고도 붉다
목울대로 삼킨 구도가
능소화 몇 송이 아찔하게 피운다

저 눈물겨운 푸른 몸짓
가을이 오고 있다

아주 오래된 책

빗소리를 적는 영국사 은행나무
누천년 동안 집필 중인 고서

빗방울 떨어질 때마다 글자들 바닥에 쌓인다
사유의 무게로 어깨 내려앉았다

구름과 바람과 햇살이 무장무장 쓰인 책갈피
가을이 책장을 넘기며 바랜 시간을 읽고 있다

햇살 아래 녹아내린 이카루스의 전언들
부은 발등 수북이 계절을 복기하고 있다

나무 그늘에 들어 내 그림자를 빗어버리자
내 안을 점거한 무형의 시간들 쏟아져 나온다

겹겹이 주름진 불안이 서서히 펴진다
내가 썼던 글들은 나무 아래 흩어진 한 잎의 낙엽일 뿐

도리 없이, 대책 없이, 여지없이 불려 나오는
나를 읽는다

백로 부근

바람이 비질하듯 몰려오다 이내 잦아든다

더위는 아직도 제 꼬리를 말아 넣지 못하고 있다

환삼덩굴은 여름내 걷던 길을 계속 가고 있다

폭염에 숨죽이던 징후들 길고양이처럼 기웃거린다

버즘나무 몸에는 나날이 주저흔이 늘어간다

숲속엔 부서진 새집과 벗은 날개옷들 흩어져 있다

열매들은 단단한 물음표를 장전 중이다

시간은 적막을 향해 천천히 걸어가고 있다

내 마음 한 견에 살별 몇, 슬며시 뜨고 진다

정의할 수 없는 계절, 나는 자주 훌쩍이고 콜록거린다

내 몸 구석구석 간질간질하다

모든 것이 간절해지는 간절기다

프러포즈

반려견과 함께 산책 간다
살랑살랑 꼬리를 흔들다
킁킁, 두리번거리다
쪼그려 앉아 오줌을 눈다
갇혀있던 암내를 풀어낸다
벚나무와 개망초꽃 아슴아슴 그려진
저 싱그러운 연애편지
말라있던 까만 코가 촉촉하다
저런 열망의 눈길 본 적 있다
나이 수만큼의 장미꽃 다발 앞에서
킁킁, 세상을 얻은 듯 환해지던 여자
흠흠, 정신 못 차리던 남자
그때도 얼굴 환하고 촉촉했다
모든 작업은 냄새로부터 시작되나
건너편에서 걸어오던 흰색 수컷 한 마리
따끈한 그 편지 킁킁 읽어보더니
한쪽 다리 번쩍, 들고 뜨끈한 답장을 남긴다
'데이트합시다'
봄밤이 화끈하게 동한다

느티나무는 없다

느티나무 한 그루 산책로에 누워있다
비바람에 찢겨 나간 모진 삭신
남은 잎 몇 개 힘없이 펼쳐보 인다
온몸 구석구석 곯았나 보다
팔십 평생 오 형제의 그늘 늘려 가다가
마음 구석구석 썩어버린 엄마
제 일에만 골몰하는 자식들 보기 싫어
보란 듯 요양병원에 누워있다
태풍에 가지 뒤틀리고 뿌리 송두리째 뽑혔다
오랜만에 길게 누워 푹 쉬려는지
도무지 일어나지 않는다
자식들 빠져나간 자리에 생명 줄 주렁주렁 매달고
더 이상 할 일이 없다는 듯 조용히 누워있다
엄마도 여자도 다 놓아버리고
더 이상 내어줄 것이 없다는 듯
허공만 응시하고 있다

바다의 여자

여자가 바위에 앉아 물안경을 문질러 닦는다
바다의 속내를 땅보다 더 잘 아는
그녀, 오늘도 허리에 무거운 납덩이를 찬다
바다는 그녀가 숨을 참은 만큼 몸을 허락한다
늘 거칠고 속내 알 수 없지만
그녀는 나쁜 남자 같은 바다가 좋다
그래서 바다의 임계온도 꾹 참아내고
못된 성깔 늘 보듬어준다
그녀는 아파도 물질을 멈추지 않는다
물질을 할 때 비로소 그의 여자가 된다
수장된 엄마가 뿌려둔 것 무궁하고
수장될 그녀가 건져 올릴 것 무진한 바다는
그녀의 외사랑, 숨겨 놓은 샛서방이다
오늘도 칠성판 등에 지고 그의 품을 찾는다
파도에 떠밀리고,
해초에 걸리고,
바위에 부딪히고,
보호 장구가 목숨을 위협해도 무섭지 않다
두려울수록 사랑은 더 커진다
죽어서도 그와 함께할 것이라 믿는 그녀
바다의 가슴 가득 숨비소리 가득 풀어놓는다

자월도

　방아머리 선착장을 떠나자 풍경은 허공을 훑치는 갈매기 떼에 포위되었다 색색의 울음으로 바다와 하늘을 박음질하는 갈매기들 오늘이라는 퀼트를 제작 중이다 그곳은 자색 달이 뜬다 했다 한눈에 들어오는 자월도는 구불텅한 해안선을 머리에 이고 있었다 물 빠진 펄에 쭈그려 앉아 조개 캐는 사람들 그들이 발굴한 시간은 곧 어제가 되었다 나는 그네에 앉아 출렁이는 기억을 구르며 자색 달을 기다렸다 지상에서 가장 오래된 티비*를 보며 로맨틱 코미디의 주인공이라도 되고 싶었던 걸까 파도 소리에 겹겹 스며든 어둠이 바다의 결을 들추고 달은 그 아래 잠겨 제 몸을 조금씩 헐기 시작했다 무채색 하루가 보랏빛이 되기를 기다리던 밤 잊었던 이름 몇 나직하게 부르자 나는 이내 물들었다 자월도를 다녀온 후 내 곁을 떠난 사람들은 모두 자색으로 함축되었다

* "달은 지상에서 가장 오래된 티브이다"라는 백남준의 말에서 차용.

별을 쓰다
—선인장

마음 한구석 어둑하거나 환해질 때
나는 뾰족한 가시 하나 내밀지
모래의 시간 꾹꾹 쟁인 한 방울의 피로
검붉은 속내를 흘리지
밤이 쓰린 가슴에서 별 하나씩 밀어내듯
나는 속눈썹에 묻어둔 나를 내밀지
상처를 쓰려고 가시만 내밀 뿐
속울음 꺼내 줄 낙타를 따라나서진 못하지
태양을 향해 날아올랐던 누구처럼
흠씬 녹아내리지도 못하지
늦은 밤, 홀로 테킬라를 마시며
쓴맛을 감싸는 찝찔한 사연을 읽는다
가도 가도 길 잃은 욕망
사라진 계절을 촘촘히 기록하는 푸른 손바닥
사막이 아름다운 건 우물이 있어서가 아니야
가시 펜촉으로 별을 쓰는 내가 있기 때문이지
나는 까칠한 상상이야

수작

밤새 말 달렸나 보다
무궁화나무 발치에 구겨진 종이들 수북하다
하얗게 벌레 먹은 연보랏빛 사유들
몇 개의 꽃으로 남아있다
저 꽃이 바라는 건 씨앗처럼 견고한 말들
윙윙, 벌과 나비들 한낮을 물어 나르고
암술과 수술은 골똘히 서로를 흔들어보지만
말은 한 발자국도 나아가지 못한다
나무는 발아래 말 무덤을 물끄러미 바라본다
어둠을 갈아 쓴 글자들
햇살에 검열당한 생각들
하얗게 흩어져 삼삼오오 굴러다닌다
나무는 견고한 시간을 두드리던 바람과
별빛과 무심한 장대비에게
힘찬 말발굽 흔들며 수작을 걸고 싶다
왜 대추나무처럼 꽃 핀 채 튼실한 열매 맺을 수 없냐고
나무는 지금 온몸으로 궁리 중이다
꽃 보낸 후에야 수작 한 편 나오려나
갈바람이 나무의 엉덩이를 냅다 후려친다

제2부

우기에는 별이 없다
—카트만두 통신

    공항 가는 길목을 막아선 마오주의자들 타이어를 태우며 시위 중이다 너울대는 연기가 설산으로 흘러간다 고산을 수놓은 색색의 다르초가 양떼구름에게 조곤조곤 바람경을 들려준다 맨발의 여자 하나 항아리 가득 무심를 이고 종종거린다 눈 덮인 메소칸투라산 어디쯤에서 가없는 모래바람 불어온다 누런 먼지를 환하게 물들이던 둘리켈의 노을이 진흙길 위로 스멀스멀 스며든다 전선 위의 새처럼 줄지어 기다리던 국경의 시간들 기억의 불판에서 노릇노릇 익어간다 에베레스트가 화관처럼 피워 낸 뭇별을 기대했지만 우기의 어둠은 어떤 상징도 토해 내지 못한다 오래전 수납된 마음의 별들 타타 트럭에 실려 달그락달그락 수송 중이다

리플리 증후군

이건 불안에 대한 방어야

내 삶의 조건이야

식별할 수 없는 보호색이야

내 기대와 애정의 탈출구야 눈속임이야

가면을 벗겨 줘 숨이 차

나로 산 지 너무 오래됐어

당신이 아는, 여러분이 아는, 시인인 내가 나야?

죄책감은 없어

거짓말이 오늘의 나를 있게 한 거야

이건 욕망의 조건이야

미래에 대한 작은 위로야

거울 속 흐릿한 실루엣 너머의 나

작은 샘물을 보며 출렁이는 나

나는 거짓과 함께 진화하지

내가 쌓일수록 나는 또렷해지고 목소리는 커지지

주위를 둘러봐 모두 자기 이야기만 하고 있어

그래도 내 코는 절대 길어지지 않아

이건 그냥 증상이야 징후야

슬픔의 분화구야

상처 입은 나에게로 우회하는 통로야

시시각각 사라지는 말들의 무덤이야
구름으로 떠돌다 비가 될,
이건 그저 삶의 조건이야 방어야 탈출구야 위로야 샘물이야
나에 대한 빨간 애정이야 성취로 남을
음모야

폭탄

양말 차곡차곡 쌓인 사거리 트럭에서,
세일하는 백화점 매대에서,
폭탄 한 아름 안고 집으로 왔는데요
폭탄을 장전한 세일 전단지들
현관에도 수북하네요

지구 곳곳은 폭탄 테러와 자살 폭탄으로
사람들이 사라지고 있어요
여기저기 살 곳을 찾아 흘러 다니고 있어요
이제 폭탄은 지구적 일상
폭탄 발언에 상처 입은 사람들 삼삼오오 모여
폭탄주로 서로의 상처를 터트리는데요

동창회에 나가 추억을 낭비하고 온 저녁
문득 엄마의 잔소리가 그리워지는데요
나도 한때는 엄마가 끌어안고 살던 시한폭탄
폭탄이 폭죽이 되었던 날도 있었지만
나는 엄마 가슴에 몇 개의 구멍을 냈을까요?
세상의 모든 엄마는 관흉국 사람이었네요

이젠 내가 양손에 시한폭탄 쥐고 전전긍긍하는데요
내 가슴의 구멍 조금씩 커져 가고 있어요
산다는 건 내게 날아든 수많은 폭탄들
혹은 내가 던진 수많은 폭탄들
꼭 끌어안고 자폭하는 일이었는데요

호모 체어쿠스

오랜 직장 생활의 후유증이라고 한다
상사가 주는 상사 병을 이겨내고
야근 수당 대신 보람만 챙긴 결과라고 한다
열정 페이로 오래 견딘 합병증이라고 한다
주말도 반납하고 단체 등산에 해병대 캠프를 다니며
상명하복을 따른 이유라고 한다
그래도 어느 날 의자가 사라질까 두려워
스스로 의자가 되었다고 한다
의자를 떠나는 순간 떠도는 유랑은 시작된다
그만큼 네 개의 다리로 진화하는 일은 지난하다
그는 지쳐서 멘토를 찾기보단 셸터를 찾는다
그래도 의자 고행은 사대 보험이라는 보호 장벽을 쳐준다
가슴에 품고 다닌 사표는 언제쯤 출사표가 될까
수없이 푼 사지선다형 문제들은
답이 없거나 답이 여러 개인 주관식 문제 앞에서 길을 잃는다
좀 놀아본 언니들이 새삼 부러운 호모 체어쿠스
기준에 맞춘 꿈은 이미 꿈이 아니다
그는 오피스 우울증에 시달리면서,
퇴사 우울증에 시달리면서 네 다리로 진화한다
꼬리뼈에 숨어 살던 퇴화된 본능이 의자로 진화한다

40만 공시족의 나라에서 수행되는 거대 진화 프로젝트

속수무책 사회로 진입한 후

끊임없이 의자 수행 중인

오래된 일류,

새로운 인류……

그들은 네 다리를 가진 순한 개보다 더

주인을 잘 따른다

자발적 외톨이

태양의 감시가 계속되는 동안
방구석 1열에 누워 어둠을 풀며 놀지
나는 빌딩 사이에 칩거하는 자연인
고독은 오래된 나의 무기지
관계는 그저 생존형 보험이지
한낮의 살을 패는 급브레이크 소리도
나의 자존감을 깨우지 못하지
그저 유쾌한 배경음악
다기능 안테나로 수신되는 방 밖의 자극일 뿐,
아이들은 어두운 미래를 색칠하고
어른들은 욕망을 세는 지금
나는 육아育兒 대신 육아育我를 하지
허기를 긁으며 꾸역꾸역 혼밥을 먹지
야동이나 스캔하며 내일을 기다리지
뼈마디에 내장된 물렁한 시간 잘근잘근 씹으며
백수와 선수들의 게임 규칙을 따르지
눈동자에 푸른 달이 차오르면 밤거리를 쏘다니다
편의점에 앉아 혼술을 하지
믿을 건 내 안에 새겨진 까만 예감과
수시로 곤두서는 내일에 대한 불안

그레고르 잠자처럼 벌레가 되더라도
타인을 반사하는 가면은 쓰지 않을 거야
결국은 혼자 가는 거지
울음이 방 안을 벗어나지 못하도록
내게 최면을 걸어야 해
낙천적으로 우울해야 해
젤리클 고양이처럼
갸르릉,

리셋

뭘 해도 되는 일이 없을 때
마음이 진흙에 박혀 질퍽거릴 때
멍때리자
멍때려 보자

멍때리는 일은 일상의 멍든 말을 불러내는 일
멍든 말의 푸른 멍을 살살 풀어주는 일

누구는 사과나무 아래서 만유인력을 발명했고
누구는 뜨끈한 목욕 중에 유레카를 외쳤지

공원 벤치에 우두커니 앉아 떠나간 사람을 만나기도 하고
강가의 널린 돌 틈에서 기발한 생각을 얻기도 하고
빙글빙글 돌아가는 팽이 속에서 나를 만나기도 하고
강아지와 뒹굴며 부서진 시간의 뼈대 맞추기도 하지

고흐처럼 하늘 높이 날아 별을 안고 싶을 때
뭉크처럼 우울 속으로 빠져들 때
멍때리자
멍만 잘 때리면 내내 그리워한 나의 별에 다녀올 수 있고

정글이 한순간에 둥글둥글해진다

단, 너무 오래 멍때리면 나에게로 돌아오기 힘들다
바다도 하늘도 자주 멍때리다 푸르게 멍들고
나팔꽃도 달개비도 파랗게 질렸다더라

─라구요

　죽변항에 갔는데요 바다는 변죽 좋은 웃음으로 나를 맞아주었지요 추위에 묶인 어선 몇 척 출렁이며 속울음 울고 있는 죽변항 바람의 등에 걸터앉은 갈매기 떼는 기억을 둘러싸고 왁자지껄하구요 수평선으로 줄넘기하던 새들이 허기를 맡으며 날아들었는데요 햇살 튀는 날것은 나에게 양보하고 그들은 눈치껏 생선의 내장만 차지하더라구요 비좁은 고무 다라이 안에서 뱅글뱅글 도는 돌광어, 노래미, 돌문어 들 숨 가쁜 사연 뻐끔, 뻐끔 풀어내고 있었는데요 사유도 시간도 이곳에서는 뻔한 제스처일 뿐이더라구요 죽변항에 오면 누구나 변죽이 좋아지나 봐요 누구는 생선을 더 달라구 떼쓰고 누구는 하루를 더 내어놓으라구 조르더라구요 바다의 지문을 낱낱이 회 뜨던 칼바람이 묵은 근심까지 쓰윽, 도려내 주었는데요 이곳에선 영랑호에서 서걱거리던 모래 마음이 다시 촉촉해지더라구요 익숙한 궤도를 이탈하고 싶다면, 설렘을 뒤적이는 변죽 좋은 한 마리 제비갈매기가 되고 싶다면 죽변항으로 오세요 바다가 던져주는 시간의 내장 넙죽 받아먹으며 변죽을 울리고 싶다면요

블레드 캐슬

안개비 자욱한 호수 너머
천년 성은 지워져 흐릿하다
풍경을 발효 중인 중세식 뱃전에 앉아
류블랴나의 어원을 생각한다
알프스가 제 몸 헐어 만든 호수를 건너며
등줄기에 툭툭 적히는 빗방울을 읽는다
대대손손 플레트나의 노를 잡은 원주민은
오늘도 호수의 파문을 뒤적인다
오래전 나는 이 성에 살던 여인이었을까
모든 게 낯설지 않다
어미 새의 울음을 받아 적는 아기 새처럼
나는 두 귀를 힘껏 부풀려 본다
세 번 치면 사랑을 이룬다는 마리아 성당의 종소리가
제일 먼저 귓속에 들어와 박힌다
누군가 흘리고 간 겹겹의 밀어가 가득하다
세상의 모든 초록이 무한 복제되는 곳
에메랄드색은 아니어도
피콕그린은 아니어도
아무런 초록으로나 녹아들고 싶다

에쿠우스

이른 아침 경마장에 모여든 사람들
대형 화면 앞에 앉아있다
어린 아들도 잊고
휠체어에서 기다리는 병든 남편도 잊고
말들의 경주 황홀하게 바라본다
평생 풀리지 않는 일들 이곳에서 풀리려나
마권에 말의 이름을 적으며
홀리듯 한 달 치 생활비를 건다
말을 너무 사랑한 중년 여자는
수십 년간 말굽에 차이고도 눈뜨면 이곳에 온다
그녀는 꿈에서도 말과 함께 달린다
팔순 노인은 흐릿한 눈 비비며 마권 번호를 커닝 중이다
저승길 노잣돈 마련하려는 걸까
한때 인삼밭으로 큰돈을 쥐락펴락한 여사장은
전 재산을 날리고도 이곳을 떠나지 못한다
평생 남의 발에 차이며 폐지 줍는 여자도
여기 오면 살맛이 난다
사람들이 하나둘 떠나는 저물녘 경마장
희망은 오늘도 말발굽 소리에 파묻힌다

발설지옥*

길게 혀 빼문 러닝 머신 위를 달린다
살아생전 얼마나 많은 사람을 미혹했기에
길게 혓바닥 뽑힌 것일까
평생 떠벌린 말만큼 뽑힌 혓바닥이
드르륵드르르륵 끝없이 되감긴다
쉬지 않고 기록되는 형장의
시간과 고통의 무게, 헐떡이는 맥박
나는 내 입에서 풀려나간 말의 길이만큼
풀린 다리 끌고 쟁기를 끈다
곡식 한 톨 거두지 못하면서
질, 질, 쟁기 끌며 살을 태우고 있다
입에서 단내 풀풀 나고 온몸 젖어도
두꺼운 뱃살 좀체 줄지 않고
풀려나간 방만한 언행들 내 혀에 다시 감긴다
혀를 간질이던 말들이 죄의 벨트가 되는 발설拔舌지옥
내가 발설發說한 말들이 나를 휘감치고 돈다

* 발설지옥拔舌地獄: 발설지옥은 신채호가 상상한 일곱 지옥도 중의
하나로 어리석은 백성을 그물 속에 들게 한 연설쟁이나 신문기자들
이 가게 된다는 지옥으로 길게 혀를 뽑아 그 위로 소가 지나가게 하
는 형벌을 받는 지옥이다.

잠시
—마카브르, 죽음의 춤

이것은

벚꽃 화르르 지는 초속 4센티의 속도

벚꽃 지고 만첩홍도화 진분홍으로 번지는 시간

민들레 씨앗이 하나, 둘 꽃대를 떠나는 순간

칭얼대던 아기의 깜빡 든 풋잠

여우비 갠 한낮 눈부시게 쏟아지는 햇살

젖은 속옷이 살짝 마르는 사이

너와 내가 서로의 눈부처를 보는 동안

활공하던 갈매기가 거친 파도에 부리를 내리찍을 때

해안에서 부서지는 우리들의 하루치 희망

총구 앞에서 마지막 포즈를 완성하려는 무용수의 눈빛

혹은 한 사람의 생

무엇이라도 할 수 있고 아무것도 할 수 없는 지경

문득 네가 생각나는 오후 한때를 건너온

한 편의 짧은,

미친 개나리

한겨울에 개나리가 피어있다
발등에 낙엽과 잔설을 소복이 얹고
봄을 사용하기 위해선 그 안으로 들어가야 한다고
몰아지경 활짝 피어있다
겹겹 포개진 단풍잎이며 은행잎들
먼 곳으로 불려 가는 12월 끝자락
눈보라에 얼어 죽더라도
후후, 손 불며 잠시 사는 것이란다

개나리, 개불알꽃, 개망초, 개비름, 개취, 개별꽃, 개
살구, 개갈퀴, 개곽향, 개황기, 개감수, 개쑥부쟁이, 개여
뀌, 개감채의 개는
제대로 미칠 줄 아는 주류에게 씌워준 왕관

한 번도 제대로 미쳐보지 못한 나는
도시 한복판에서 야생과 탐험을 꿈꾸고
아랫목에 누워 바다와 유목을 그리고
개 한 마리 기르며 편안과 굴욕을 배우고
밥도 안 되는 말을 끌어안고 전전긍긍하지
속수무책 빨려들 다른 차원을 기다리는 나는

미치기 위해 미친 척하는 미친 화순이지
블랙홀을 향해 질주하는
닥쳐올 나의 기원이 될 수도 있는
이 시대의 진정한 마니아인
제대로 미친 개나리

코이의 법칙

나를 키운 건 팔 할이 개다
행복하거나 지루하거나 슬플 때마다 나는
개처럼 뒹굴거나 꼬리를 말아 쥐고 납작 웅크렸다
내가 세상을 삐딱하게 바라보게 된 것도
환상을 야금야금 즐기게 된 것도
모두 개 덕분이다

편견, 선입견, 발견, 혹은 광견들은
먹이를 위해 아양 떠는 법과
하얀 배를 보여 주며 굴복하는 법과
나를 향해 컹컹 짖는 법을 알려 주었다
사랑이 떠났을 때 나는 미친개처럼
질문과 욕설을 질질 흘리며 나를 깨물고 발길질했다
엄마가 은하계 어느 별로 여행을 떠났을 때
빈자리 가득 채운 만 개의 죽음을 발견했다
선입견은 내 마음의 꼬리를 슬쩍 감추게 했고
참견은 졸졸 따라다니며 딸처럼 간섭을 했고
편견은 절뚝이며 시간을 건너게 했다

내 안에서 끊임없이 새끼 치는 개들

그중 일견과 선견의 선연한 눈빛은

심연에서 으르렁거리고 있다

참, 유난히 내 품을 파고들던 개가

털색이 하얀 백무늬불여일견이었나?

수심을 알 수 없던 까만 눈의 백문이 불여일견이었나?

개처럼 헐떡거리며 나, 여기까지 왔다

개 같은 내 인생

구름의 학습

구름에게 문장론을 가르친다
어디로든 가고픈 구름에게 붙박인 말과 피동의 서술,
말본에 어긋난 하루를 가르친다
나는 지금 구름의 내면이 궁금할 뿐

꿈의 목록이 너무 많은 구름들
끼리끼리 뭉쳤다 이내 증발한다
새털 같은 의문이 뭉게뭉게 피어난다
양 떼 같은 침묵이 떼 지어 흘러간다

구름의 사생활은 물방울의 사연을 대필하는 일
하늘 계단 밟고 계절 밖으로 사라지는 일
무엇으로도 자신을 완성하지 않는 일

구름장 흩어지는 봄날 오후
목련 나무에 구름 꽃 송이송이 환하다
흐르지 못하고 갈팡질팡하는 뭉게구름들

나의 하루는 곧 비를 뿌릴 듯 눅눅하고
염소 구름 몇은 여린 뿔을 쳐들고

새파란 시간을 치받고 있다

오늘 구름의 학습 목표는
궁리와 소멸을 세 번 반복하기
한 시간 이상 한자리에 머물기
환상과 상상을 버무려 는개 1g 만들기

창조적인 문장을 술술 풀어놓는 구름의 5교시
구름의 학습은 세세연년 거듭된다
우우양량 이어진다

박쥐

누가 저 박쥐를 동굴 밖으로 불러냈을까
쓰러질 듯 스러질 듯 빗속을 날아오른다
꺾인 날개 사이로 흘러내리는 녹슨 기억
자동차 사이로 곤두박인다
지금 와이퍼가 힘겹게 밀어내는 것은
거꾸로 매달린 슬픔이 아니다
어둠을 공글리던 물방울의 시간이다
정수리로 몰려드는 피의 자성磁性
접힌 살 부풀리던 흡혈의 새가
급브레이크와 함께 불려 나온다
속수무책 날아오르는 저 새가 낯설지 않다
내 안에서 자라는 수많은 박쥐들
가파른 꿈의 동굴에 거꾸로 매달려
어떤 것은 망상으로 곤두박이고
어떤 것은 멀리 날아가 버렸지만
아직도 어긋난 날개 덜컥이며 날아오를 날 기다린다
안주와 질주 사이를 방황하며
끊임없이 경계를 날아오르는 저 박쥐는
내 접힌 꿈에 대한 작은 공명이다

제3부

준비불꽃

물의 등을 조용히 쓸어주는 오리 두어 마리
물 위를 흘러가고 있다

겨울 해는 조금씩 어둠을 끌어다 풍경을 덮어주고
수천 가닥의 달빛은 미미한 온기를 실어 나른다

발칸반도 어디에는 사라진 시간을 켜는
가스등 관리인이 있다는데, 밤을 켜는 사람이 있다는데

북한강의 밤을 켜는 건 희끗한 나무의 골근과
뒤척이는 강의 침묵이라는 생각

무작정 하루를 달리다 부서진 꿈의 파편들이
기억을 모아 어둠을 켠다는 생각

반딧불이처럼 켰다 껐다 꼬리를 무는 생각이
저물어가는 나를 켠다

강 건너 불빛이 몸을 늘려 나에게 다다르고
나의 어둠은 건너온 빛으로 흔들린다

낮 동안 숨겨 두었던 나의 준비불꽃이
어둠을 희미하게 밝혀 주고 있다

양떼구름이 돌아오는 시간

숨을 참아봐
얼굴이 조금씩 녹아내려
들숨과 날숨이 겹겹 섞이면
방목한 양 떼가 돌아오지

회색이 후두둑, 무너지기 시작해
묵은 방정식은 또 해답을 미루고
나는 기억의 질량을 저울로 달아보지
양 떼는 구름의 눈금을 먹어치우며
음매애- 노을 속으로 사라지지

밤새 사연을 대필하던 매지구름 한 덩이가
사라진 내 길을 되짚어가고 있어
내 발목 아래로 흩어지고 있어
나는 텅 빈 거리를 돌아 그곳으로 가지

한숨과 노여움을 채집하며
나는 으스스한 아침을 맞이하지
그러니 집착이 마음을 헐기 전에
난해한 하루를 뒤적여 줘야 해

먼 길 돌아온 나를 햇빛 아래 널어 말리면
너의 울음 들려
마른번개 동반한 너를 제습하면
드문드문 나타나는 치사량의 낱글자
읽는다, 너를

페넬로페의 집

케케묵은 그리움을 묶어두는 볼라르*
시간은 오늘도 네 등짝을 마구 할퀴다 사라진다

뭍으로 올라오는 칼바람에 베인 바람
너는 휘어진 늑골 사이 차곡차곡 수납한다

바다에 잠긴 구름은 햇살 아래 사라진 기억으로 맴돌고
안개는 달빛 아래 완벽한 하루를 꿈꾸지만

정박한 하루가 뱃전을 어슬렁거리는 해안가에서
너는 오래전 사라진 소문을 수소문하고 있다

수평선 너머 번지는 불빛을 향해 조금씩 기울다 쓰러져
검은 물비늘 아래 가라앉아 폐닻이 되려나

계절은 잘게 쪼개져 매화 동백 피고 지고 피고 지고
젖은 손 비비며 기다림만이 너의 존재 이유라는 듯

매일 밤 수만의 달빛 풀어 그리움을 짰다 풀었다 반복하는
애월 해안로 953-22

* 볼라르bollard: 배를 묶어두기 위하여 계선안, 부두, 잔교 등에 세워놓은 기둥.

불가사리

기지포 사구에 뜬 별
바싹 야윈 손가락 사이로
주룩주룩 모래눈물 흘리고 있네
햇살 아래 반짝이는 먼 기억들
저 불가사의한 가계
바다와 하늘의 의붓자식들

터널

영월 지나 제천 가는 길
터널 유난히 많다
토끼나 고라니를 품어주던 산이나 고개가
깎이고 다듬어져 터널이 되었다
오래전 엄마의 터널을 통해 세상에 왔기 때문일까
터널 지날 때마다 어둠은 나를 품어주는 것 같다
까칠재터널, 엇재터널, 초월터널, 백마터널, 중원터널……
발음도 생소한 터널의 이름을 생각하다 보면
누군가의 숨소리가 들리는 듯하다
나는 이 안에서 아직 철거되지 않은 기억들과
내 발을 떠난 우연의 발소리를 듣는다
보름달 밝은 밤이면 방황하던 너구리나 들고양이가
어미 품 찾듯 이곳을 다녀갈까
긴 어둠을 빠져나올 때마다
터널은 지나온 길의 속살 환히 보여 준다

토르소

사랑은 사라진 머리말과 기울어진 꼬리말을 수락하는 일
이미 사라진 머리를 기우뚱거리다가
꼬리를 흔들며 나에게서 멀어지는 일
사랑은 캔 속에 채워진 몸통처럼,
꼬리와 머리를 떼어낸 토르소처럼,
감정을 감싼 보존유처럼
서로를 감싸거나 은폐한다
너는 나에게 몸통으로만 물으려 한다
서로를 열어 몸통만 맛보라는 걸까
팔다리 접고 무작정 굴러가라는 걸까
너와 내가 미끄러질수록 가슴 아래쪽이 저리는 건
몸통의 거짓말일까 변명일까
손발이 그리운 환지통일까
우리의 얼굴은 점점 뭉개지고 지워진다
밥상머리 앞에서 참치 캔을 열다가
보존유 같은 질문이 흘러나오는 저녁
창문 프레임에 잘려 나간 노을의 몸통이,
가슴으로만 직진해야 하는 사랑이,
하루를 배밀이로 밀고 간다

고양이요일

나는 웅크려 누운 아르릉 가문의 회색 고양이
호동그란 눈빛이 나른하다
늘어진 오후가 고양이 등에서 둥글게 말린다
발바닥 사이사이 눌어붙은 일상을 핥는다
푸석해진 오감을 쓱쓱, 벼린다
쿵쿵, 개박하 같은 냄새
화끈, 하루가 동한다
젤리클 축제에서 환생을 꿈꾸는 고양이처럼
달을 향해 어우~ 소원을 빌어본다
길게 자란 발톱 세워 지금을 긁어본다
팍팍한 모래시간 파헤쳐 본다
모래 상자 속에 박혀 있는
누런 권태 한 덩이
인화 물질인 양 슬쩍 덮어놓아도
콧수염 간질간질 빳빳해진다
살랑대는 꼬리가 엉겨있는 시간을 살살 문지른다
뭉게뭉게 피어나는 달콤한 하루
갸르릉,
앞발 길게 뻗고 온몸을 쭈욱, 늘인다
쫄깃쫄깃 오후가 식빵처럼 부푼다

매트리스워커[*]

1.

목성에서 바라보면 여러 개의 달이 뜬다
누구나 여러 개의 달을 품고 살지
그 달이 동시에 뜨는 일은 드문 일
오늘은 어떤 달 위를 걸을까
달덩이 하나 오롯이 품을 수 있다면
진정한 문워커가 되는 거지

2.

그는 마이클 잭슨처럼
백스텝으로 달 위를 걷고 싶었지
그곳에 가기 위해 문워커 게임으로 필살기를 키웠지
걷고 또 걸어도 달의 궤도로 진입하지 못하던 나날들
그는 늘 발목이 시렸지
종일 문워크를 추며 중심을 향해 걸어도
그는 달의 안쪽으로 진입하지 못했지
그래서 그는 매트리스워커가 됐지
꿈을 꾸지 않을 땐 매일 8시간씩 매트리스 위에서
시큰대는 발목으로 문워크를 추었지
그가 할 수 있는 건 thriller에 맞춰

타인의 잠을 감별하는 일

타인의 달 속으로 스며드는 일

so they came into the outway－－－

흥얼대며 매트리스 위를 걷다 보면

두둥실, 몸이 달처럼 차오르곤 했지

구름을 헤치고 달 속으로 잠시 진입했던가

문워커가 되고 싶었던

매트리스워커

* 매트리스워커: 침대 매트 위를 하루 종일 걸으며 매트의 탄력을 시험하는 직업.

당신의 냄새

크로바 로하스 요양병원 간다
두리번거리며 네잎클로버 찾아보지만
행운 대신 냄새가 달려든다
샴쌍둥이처럼 병원과 등을 맞댄 시장통에서
난출 난출 건너오는 냄새의 덩굴
고등어, 닭발, 고구마튀김, 순대, 어묵 등등
냄새가 코를 확, 잡아끈다
산다는 건 다양한 냄새의 굴곡을 건너는 일
지금 당신은 팔십 평생을
알코올 냄새로 마침표를 찍으려 한다
당신의 냄새 거미줄처럼 가늘어질수록
당신은 생명을 연장하는 줄만 늘리고 있다
나를 먹여 살린 힘센 당신의 냄새
냄새의 끈이 점점 가늘어지고 있다

꽃 먹는 저녁

펄떡이는 꽃게 몇 마리 산다
꽃게는 톱밥을 밀어내며 안간힘으로 버틴다
사방으로 날리는 절체절명
유보된 죽음이 시간을 자르고
집게발이 허공을 잘라내고
시선을 잘라내고
소음을 잘라내고
저녁 6시를 잘라내자
시침과 분침이 기우뚱, 중심을 잃는다
서쪽 하늘이 서서히 피를 흘린다
집게발이 햇살의 마지막 온기를 싹둑, 자른다
잘린 하루치의 바다가 한사코 냄비 속으로 풀어진다
부글부글 비어져 나오는 게거품
집게발의 사투가 차려낸 저녁 식탁
달그락달그락 꽃 내음 비릿하다
나는 누군가의 죽음이 가져다준 에너지를
게 눈 감춘 듯 먹어치운다
꽃이 칼칼하다

단풍

하혈하는 가을 숲
내 소녀는 아픈 채 웅크리고
눈부신 하늘로 나아간다

단풍, 더 붉어지다

느낌표

생각을 버리니 감각만 남는가
구름을 새털로 흩어놓는 바람 소리와
구상나무 수런대는 소리 귀를 적신다
한라산 입구부터 조릿대가 종아리를 후려치고
댓바람이 종아리를 휘휘 감더니
결국 대피소 초입에서 쥐를 만났다
오르막이 반복되는 대피소 코앞에서
땅바닥에 주저앉아 대책 없이 쥐를 달래본다
산죽은 지천이고
바람은 햇살을 부드럽게 풀어놓는데
쥐는 나를 물고 놓아주지 않는다
감각의 끝은 아픔인가
첩첩 능선이 붉게 흔들렸다
아이젠이 남은 겨울을 쿡쿡 찍을 때마다
몸은 남겨진 통증을 불러냈다
아직도 바람 쪽으로 걷고 있는 고사목을 뒤로하고
하루를 탄산 온천에 부려놓자 쥐는 유유히 사라졌다
느낌표 하나 달랑 남기고

리메이크 동백아가씨

용궁사 길섶까지 당도한
헤일 수 없이 수많은 사연
기웃대던 따가운 햇살도 돌아가고
바람은 자꾸 초록 목도리를 여며주는데
얼마나 울었던가 동백아가씨
연지 곤지 그때의 기억들 너무도 생생한가
바닷바람에 눈자위 붉어지네
옛적엔 왕족만 사용했다던 빨강은
수만 마리 소라와 연지벌레의 넋이고
헤마토코쿠스*가 토해 낸 비명이었지
통증의 알맹이는 모두 저리 붉다
나는 화염 사이로 두 손을 넣어본다**
불붙지 않는 통증의 알맹이들
그리움에 지쳐서 울다 지쳐서
동백꽃 빨갛게 물이 들었네
끈질기게 휘도는 시린 세월도
어깨를 짓누르는 아픔도
그저 빨강으로 요약되는 날
그녀가 호명한 내 안의 빨강

* 헤마토코쿠스: 바다에 사는 푸른 녹조류로 위기에 처하면 붉은색
  으로 변한다.
** 실비아 플라스.

비문증

나에게 새로운 능력이 생겼다
'눈속에넣어도안아프다는' 말 비로소 실감했다

한동안 머리 무겁고 시야 흐릿했다
수런거리던 불온한 말들,
발화되지 못한 고집들,
첩첩 눌려있던 욕망이
애벌레, 번데기 거쳐 우화했나
날개 달린 글자가 오른쪽 눈앞에서 날아다닌다
처음엔 . , ‘ : ! “ 〈 * / ─ 등속 작은 부호로 파닥거리더니
이제는 자모가 엉겨 붙어 어엿한 낱글자 벌레가 되었다
나너길비섬꽃달밤낮삶산숨글강꿈춤섬눈빛새혈……
가슴 맴돌며 숨바꼭질하던 외마디 말들,
눈꺼풀로도 누를 수 없던 텅 빈 말들,
무엇이 되기를 거부하던 말들
꼭꼭 숨어있다 시간 술래에게 잡혔다
시선에 붙들린 비문飛文이 비문秘文으로
해석을 거부하는 비문飛蚊이 비문非文 되어 꿈틀거린다

나에게 새로운 능력이 생겼다

이제 곧 외계로부터 비밀스런 암호가 전달될 것이다
고여있던 거대한 침묵 비로소 해독될 것이다

제4부

모닝콜

너는 여행의 별미

날 위해 아껴둔 체리 맛 초콜릿

너는 대답을 기다리지 않는 약속

내 몸이 기억하는 유목의 시차

마음속 비상구

너는 두근두근 파티의 초대장

나를 깨워 주는 달콤한 키스

똑똑, 새벽을 흔드는 푸른 바람 혹은

서쪽을 향해 날아가는 간절한 기도 소리

너는 강렬하고 은은한 아라비아 향료

쳇바퀴 돌고 있는 나를 어서 꺼내 주렴

너는 매직

나의 원시를 깨워 주는

치명적 유혹

불량한 하루

    불량한 하루예요 날이 저물 듯 기념일은 돌아오고 해가 뜨듯 국경일이 와요 일요일은 못 본 책처럼 책장에 쌓여 가요 나는 두꺼워진 얼굴을 벗고 잠자리에 들어요 도시의 별들은 제 빛을 잃고 달빛처럼 창백해요 베란다에 버려진 결단은 양파처럼 썩어가고 설거지통에는 하루치의 연민이 쌓여 있어요

    불온한 사랑이에요 상상력이 멈추면 속이 환히 보이거든요 사랑을 찾는 것만큼 슬픈 일은 없을 거예요 사랑을 알게 될 즈음 우린 헤어져 건너편 별로 건너가지요 그래도 월요일은 오고 꿈은 쌓여 가요 재활용 함에 쑤셔 넣은 사랑을 다시 입을 수 있을까요 신념은 서랍 속에서 조금씩 무너져요 시간은 용병처럼 힘차게 걸어가고 나는 점점 다리에 힘이 빠져요 아침을 깨우는 비둘기 울음은 광고의 배경음처럼 익숙해요

    불량한 하루예요 길 가다 영화관에 들러 무뚝뚝한 영화를 보고 팸플릿을 챙겨요 오늘도 내 귀는 종일 사소하고 밋밋한 것들을 모아요 지나치는 것의 등을 힐끗, 바라보는 나날들 오늘도 나는 오른쪽으로 기울어요 내 안 재미없는 과거

를 세고 있는 문장들 내일을 아는 하루가 태양 아래 반짝여
요 그래도 아침은 오고 어제는 절뚝이며 걸어가지요

파랑의 파란만장

세상의 파랑은 모두 이곳에 와서 죽나
파랑에 갇혀있는 섬, 파랑을 받아 적는 섬

맹그로브가 죽음도 하트로 밀어 올리는
파랑의 파란만장

나는 나무 사이를 뛰어다니는 카구를 본다
날개를 버린 저 새는 이 섬의 상처일까

세상의 파랑은 위안과 고통의 거리
나는 파랑을 시간을 받아 적는 모국어라 읽는다

저 파랑 속에 유보된 나의 파란은 무엇일까
나는 이 파랑이 몰고 올 열정과 떨림을 다시 받을 수 있을까

파랑 채널이 지지직거린다
파랑의 파란은 주파수 맞지 않는 편애의 주저흔

석양이 파랑의 파랑을 끌고 서쪽으로 흘러든다
파랑은 여기까지 밀려온 육지의 소문을 낱낱이 기록 중이다

너울너울 파랑으로 요약된 주름들이 나를 수없이 복사하는
파랑의 본가에 와서 파랑이 거느린 파랑을 본다

내 안에 울리는 파랑주의보, 파도 결결 피어나는 넝꽃 만다라
파랑 프리즘 어디쯤 희미한 후광이 너울거린다

원고지

쪽방촌이다 벽이 곧 대문인 집들 다닥다닥 붙어 선 벽은 방이고 집이다 옆방 이야기가 두런두런 건너온다 비밀스런 내 기억이 모여 살지만 이곳에 비밀은 없다 벽 너머로 악다구니도 농밀한 숨소리도 쉽게 전염되고 전파된다 말이 말을 끌고 이 방 저 방 다닌다 말 사이에 걸쳐있는 의미 없는 조사들 마침표와 마침표 사이에서 나는 쉼표처럼 주저앉아 있다 말은 부호 사이를 맴돌다 쪽방에 주저앉는다 행간의 간격이 좁은 말들의 감옥 나는 이곳에서 마침표 하나 찍는 것도 힘겹다 오늘은 어제 숨을 고르느라 말줄임표로 남겨 둔 102쪽 방으로 돌아가야 한다 객관적 거리가 주관적 깊이에게 문을 열어주는 방 탈출 게임 이마를 맞댄 질문이 밀교처럼 은밀하다 마침표 뒤 반쪽 공간에서 잠시 숨을 몰아쉬는 나는 올이 풀려 너덜너덜하다 끝이 보이지 않는 말들의 야적장 이 방에 미래는 올까 충혈된 눈이 응시하는 벽면에 한숨이 누렇게 번진다 말들은 다닥다닥 붙어있어서 위로가 될까 손수건만 한 빛이 퍼 나른 하루가 고여있다 또 하루가 간다 방을 탈출하려고 밤새도록 벽과 벽을 밀어내느라 나는 손목 아프고 굳은살만 늘어간다 방구석을 뒹구는 말이 사라지기 전에, 벽에 부딪힌 내가 피 흘리기 전에 펜을 더 놀려야 한다 오 촉 전구가 어둠을 힘겹게 밀어내는 이 방에서

아무튼 한국인

내 하루는 글로벌하다
세계 곳곳에서 공수된 재료들이
나의 하루를 다국적으로 완성한다
노르웨이산 연어의 분홍 속살이 나의 입맛을 자극한다
크기가 남다른 브라질산 닭은 중국산 마늘과 맛깔스럽게
어울리고
이베리아의 계란은 뚝배기에서 소복하게 익어간다
무공해 호주산 스테이크와 다국적 샐러드는
수단산 참깨 드레싱으로 맛을 살린다
내 미각은 나날이 세계를 지향한다
시칠리아를 품어서 겹겹 파도치듯 짙푸른 브로콜리
목이 쓰리도록 달콤한 필리핀산 망고
주방에 부려진 서 많은 채소와 해산물들
캐나다산 아마씨와 멕시코산 치아씨로 아침 식사를 하고
이태리제 가방을 매고 중국산 샌들을 신고
프랑스제 화장품으로 변장을 하고 집을 나선다
나는 누구인가

시간 여행자

어느 날 머리에 쓴 모자를 찾아 헤맬 때
갑자기 그녀는 타임머신을 타지
그녀인 듯 그녀 아닌 그녀 같은 그녀
처녀로 돌아가 하이힐 갈아 신고 머리에 꽃을 꽂고
헤실헤실 웃으며 거리를 돌아다니지
주름진 미래와 그늘진 지금은
뚜뚜뚜, 타전 불통이야
그녀는 가슴에 묻어둔 버튼을 누르지 못해
지금으로 돌아오는 길목을 놓쳐 버린 거야
가끔 타임 등이 경고처럼 깜빡이지만
기억은 공회전 중이지
시간에 드리운 빛과 그림자 사이로 다니는 시간 여행은
빛이나 그림자에 빠지면 지금으로 돌아올 수 없지
가족과 친구들이 팽팽하게 그녀를 끌어당기지만
그녀는 잡고 있던 줄을 놓쳐 버린 거야
해독 불능의 방언을 터트리며 봄날은 간다를 흥얼거리는
그녀는 시간 여행자
시공을 넘나드는 초능력자

나는 한 달에 한 번 금성에 간다

콘서트홀은 거대한 우주선

나는 그곳에서 외계인이 된다

미확인 우주선 1층 B 블록 21열 2번에 앉아

귀를 키우며 숨소리 꽁꽁 말아 쥐고 있다

나뭇가지처럼 늘어나는 손가락과 발가락들

수백 개의 불빛 아래 연주가 시작되면

나는 지루하고 뻔한 화성을 벗어나

수성 지나 목성을 돌아 금성에 다다른다

나는 애써 기계적인 지휘를 믿지 않는다

일요일엔 북두칠성을 통과하다 시차를 놓치고

월요일엔 그 시차 때문에 무중력 여자가 된다

나는 B#과 Gm음 사이에 축 늘어져서

우주 공간으로 끌려다닌다

자유롭게 흔들리고 흐르는 카오스

낯선 음계에 이르러 비루한 나를 놓는다

한 달에 한 번 나는 4146만 km 떨어진 금성으로 간다

귀환은 걱정하지 않는다

다만 죽지 않고 떠도는 게 무서울 뿐이다

언젠가 나만의 음계가 완성되는 날

조용히 우주로 사라질 것이다

상자

무엇이든 될 수 있고
무엇이든 넣을 수 있지
유기의 추억이나 살인의 기억은 물론
꿈이나 사랑이 담기기도 하지

상자 안에서 사과의 시간이 흘러나와
달콤 새콤 싱그러운 하루가 되기도 하고
죽음의 냄새가 흘러나와
잊힌 악마와 대면하기도 하지

아빠보다 택배 상자를 더 기다리는 아이들
배달된 사랑은 아이와 함께 자라지
상자를 열면 달려와 그 안으로 들어가 앉는 유기견 치키
함께 버려진 체온과 허기를 기억하는 걸까
상자에 유기된 시간이 그리운 걸까

나도 삶이라는 상자 속 아파트 상자에 유기된 지 오래
무엇이든 될 수 있고 어디로든 갈 수 있는 나는
상자로 걸어 들어가 스스로 상자가 되었지
버려진다는 것도 때로는 나를 돌아보게 하는

윤기 나는 목록 중 하나

상자가 신비로운 건
무엇이든 될 수 있다는 것
상자 속에는 또 다른 상자가 있다는 것
그 안에 무엇이 들었나에 따라
기억은 새롭게 편집되지

Black out

두 개의 고독이 서로를 바라보는 것은 너무 비장하다
—카롤린 봉그랑

　은행나무 짙푸른 손바닥이 햇살을 차단한다 어둠이 보랏
빛 시간을 먹어치운다 나는 출렁이는 바다 어디쯤에서 너
의 구조를 애타게 기다리나 돌 같은 기억이 산산이 부서지
고 가슴 아래서 철썩이던 무의식이 블랙홀 속으로 사라진다
암전된 무대 위, 확장된 동공이 공포를 헤집는다 잘려 나간
하루가 도마뱀 꼬리처럼 꿈틀거리며 생겨난다 어디선가 대
문을 세차게 여닫는 소리 막다른 골목 끝에서 흙벽을 긁어
대는 내가 빠르게 지워지고 있다

초식동물처럼

상등육에 박힌 하얀 꽃 기름
누구는 예술이라며 침을 흘리지만
나는 허기가 슬며시 사라지지
구운 살점에서 스멀스멀 핏물 배어 나오면
식욕은 더 멀리 달아나지
공공연한 단체 회식 대표 음식
삼삼오오 모여 입이 미어지게 싸 먹는 삼겹살인데
나는 손이 가지 않지
주메뉴와 함께 나오는 된장찌개와 쌈 채소가 더 좋지
푸성귀 가득한 식탁을 보면 입술 먼저 마중 나가고
식욕은 청보리밭처럼 푸릇푸릇 돋아나지
비주류로 살아온 탓일까
내 속은 덤으로 주는 것들이 더 편안하지
이젠 사자처럼 포효하고 질주하기보다는
풀밭을 노니는 가젤 같은 소소한 일상이 좋지
기린처럼 목을 늘여 높고 먼 곳도 쳐다보고
긴 속눈썹 껌뻑이며 순하게 살고 싶지
코끼리처럼 아주 천천히 걸으며
내가 떠나온 발걸음에 귀 기울이고 싶지

자작나무 숲의 안부

그 자작나무 숲에는 자작나무가 없다
수만 그루의 공포와
겹겹 둘러친 수만 평의 침묵과
흩어진 수만 발 총탄의 기억들만 있다

그 자작나무 숲에는 퍼내고 퍼내도 줄지 않는
무진장한 슬픔이 저장되어 있고
수만 번의 간절한 기도와 울음과 총성이
귓전을 맴돌고 있다

지워도 씻어도 사라지지 않는
무진장한 멍빛 침묵의 집합소

그 자작나무 숲에는 더 이상 자작나무는 없다
울음의 벽에 기대선 시든 꽃다발과
그을음으로 지친 굴뚝과
철도를 따라 사라진 사람들의 환영만 있다

살아남은 자작나무 몇 그루가
진초록 이파리 흔들며 온몸으로 간증한다

하얗게 파고드는 햇살의 일침에
내 눈은 마냥 아득하고 어지럽다

그 자작나무 숲은 이제
독가스 통과 바랜 머리카락과 낡은 사진들과
주인 잃은 구두 더미를 기어오르는 호기심만 있다
그 자작나무 숲은
애도와 광란의 핏빛 상품만 진설되어 있다

* 아우슈비츠는 예전에 브제진카라 불리는 자작나무 숲이었다.

암호해독자

내 몸은 암호투성이 모공만큼 많은 암호로 가득하지 내 몸은 한무릎공부로도 풀 수 없는 문제지 수 세기 지나도 남아있는 유적이지 오래전 나를 보던 간절한 네 눈빛은 수없이 어긋나고 미끄러졌지 나를 해킹하고 스캔한 흔적들 내 문 곳곳을 두드린 배후에는 기억이 미제로 남아있지

고운점박이푸른부전나비는 프로 암호해독자 여왕개미 목소리를 해킹하여 개미들과 함께 살지 여왕개미의 암호를 풀어 여왕인 척 개미굴에서 보호받고 살지 암호해독은 한 몸이 또 한 몸의 문을 활짝 여는 일 고운점박이푸른부전나비처럼 나를 버려야 들어갈 수 있는 지난한 작업

사랑도 운명을 가장한 몸의 서사를 풀어내는 일 네 눈동자의 수심을 내 홍채에 입력하고 나의 뇌파에 너의 주파수를 옮겨 심고 서로의 혈관을 따라 온몸 파도치는 것 아코디언처럼 오므렸다 펴는 마음을 무한 반복하며 너를 해독하는 일

문 안의 문 안에서 침묵하는 누대의 암호 아직도 해독되

지 않은 내 마음의 파상선* 간질거린다 사랑이여, 너는 어
둠의 변두리를 돌고 돌다가** 언제 환하게 불붙을 것인가

---

* 파상선: 에스키모인들이 나무에 불을 붙일 때 나무에 몇 줄 그려 넣
는 그림으로 마음으로 켜는 발화를 뜻한다.
** 김춘수의 시 「打令調⑴」에서 차용.

유리천장 건너기

마녀가 대세야
왕자를 기다리는 재투성이 신데렐라보다
난쟁이의 도움 받는 백설 공주보다
마녀가 대세야
무소의 뿔처럼 혼자서 갈 수 있는
여자만 진정한 마녀야
사랑, 성공, 우정, 미모는 마녀의 필수품
가터벨트에 라이더 재킷을 걸치고
오토바이에 올라 나만의 질주를 즐기지
카우보이처럼 통부츠를 신고 시간에 박차를 가할 거야
염소 뿔 같은 킬힐로 유리천장을 들이박을 거야
마녀는 때때로 성별도 버리지
차도르를 벗어 던진 이슬람 여인처럼
따가운 시선과 손가락질은 하든가 말든가
더 이상 어둠에 숨어 탕약을 끓이지 않을 거야
시위를 떠난 활의 방향은 바꾸지 못해도
뒤틀린 활은 도지개*로 바로잡을 수 있지
마술을 부리기보다 마술 같은 하루를 보낼래
나를 통째로 화톳불에 넣어서라도
한 번뿐인 인생을 불태우며 살래

시간을 통째로 삼킬래

* 도지개: 틈이 가거나 뒤틀린 활을 바로잡는 틀.

살찐 거짓말

이곳은 상상으로 광합성을 하지
돌고래가 시그니처 휘슬로 존재를 알리듯
숲은 시간이 증발할 때마다 귀엣말을 속삭이지
눈에 촛불을 켜고 천천히 걷다 보면
삐걱거리는 어둠 너머 제인 에어의 공포가 보이고
수시로 지워지는 길 위에서 여우를 만나기도 하지
나는 라임 오렌지 나무 아래 누워
이야기의 여백인 숲의 침묵을 듣지
유리창을 향해 돌진하는 핀치새처럼
시간 저편으로 흩어지는 속수무
책의 언어들

이끼식물 가득한 겹겹의 그늘로 들어서면
서로 껴안은 채 무섭도록 침묵하는 입술들
한 번도 햇빛 아래 나온 적 없는 이야기들
후두둑, 날아오르지
나는 박쥐처럼 매달려 기억의 가장자리를 오가며
머리로 몰리는 피의 시간을 즐기지
머리카락 풀어헤치고 폭풍의 언덕을 뛰어다니며
불온한 사랑을 꿈꾸지

지도에도 없는 산길을 찾아다니는 대
책 없는 발걸음

우주 끝까지 씨를 퍼트리는 이 숲에서
나의 욕망을 가지고 노는 이는 누구인가
나를 세상의 책에 써놓은 손은 누구일까
더듬거리며 앞선 걸음을 딛고 가는 나에게
살찐 거짓말은 커다란 위안이지
힘센 이야기는 나를 야금야금 살게 하지
열매 한 알 온전히 내어주지 않지만
오늘도 나의 케렌시아*로 무작정 나서 보는 미봉
책의 시간들

* 케렌시아Querencia: 나만의 공간이자 피난처, 안식처를 뜻함.

해 설

'시적 현실'을 창안하는 실존적 자의식의 시 쓰기

유성호(문학평론가, 한양대학교 국문과 교수)

1. 미학적 파문을 이어가는 시 쓰기의 지속성

　김화순의 시는 격정적이고 복합적인 자의식을 통해 현실
이나 일상 깊숙하게 자신의 심장과 언어를 개입시키는 치
열함으로 구성되어 있다. 새로운 언어적 충격과 실존적 전
율로써 그녀는 자신만의 개성적인 미학적 파문을 우리에게
절절하게 전해 준다. 절제와 여백의 힘으로 함축적 묘미를
살려 내는 서정시의 전통적 방식을 택하지 않고, 인간 내면
에 웅크린 채 수런거리고 있는 말들을 최대한 시의 파동으
로 끌어올리고 있다. 언어 경제학과 사유의 응집성 대신 사
유와 감각의 활력을 시의 바탕으로 삼은 것이다. 더불어 그

102

녀는 현실을 대체할 수 있는 것이 '다른 현실'이 아니라 꿈과 상상력으로 구성되는 '시적 현실'이라고 믿는 수행적 시 쓰기를 지속해 간다. 그 과정에서 김화순은 사라져가면서 고유한 잔상殘像을 남기는 삶의 흔적들을 섬세하게 포착하고 표현해 간다. 이때 모든 사물이나 현상은 남은 자들의 기억이나 감각 속에서 불멸로 남게 된다.

이러한 역설을 지속적으로 궁구해 가는 김화순의 시는 그 비밀스러운 원리로 존재자들의 배면背面에 부재와 현전의 가능성을 동시에 뿌려놓는다. 그녀에게 존재자들의 소멸이란 일정한 시간을 사이에 둔 부재와 현전의 동시성을 보여 주는 현상일 뿐이고, 희망을 품은 소멸 가능성이나 소멸 가능성을 안은 희망은 모두 그 동시성의 선명한 식솔이 되는 셈이다. 그래서 김화순의 시는 결핍과 부재를 견디는 힘에서 발원하여, 한때 존재했던 것들의 사라짐과 그 사라짐 이후를 엮어가는 시간을 노래하는 미학적 실체로 다가오게 된다. 결국 그녀는 현실과 상상, 비애와 희망, 사랑과 이별, 언어와 비언어, 일상과 역사 같은 대립 범주가 순간적으로 통합하는 세계를 구축해 가면서, 이 모든 과정을 통해 새로운 '시적 현실'과 미학적 파문을 창안하고 이어가는 시 쓰기의 지속성을 보여 주는 것이다. 이제 그 세계 안으로 들어가 보도록 하자.

2. '시적인 것'의 파동을 통한 내면 토로

김화순의 시에서 인상적으로 들어오는 제일 음역音域은 섬세한 자기 인지적 기능에 있다. 이러한 성찰과 인식의 과정에는, 이질적이지만 상보적인 사유와 정서가 자연스럽게 얽혀 있다. 그만큼 작품 안에 암시되는 비애와 환멸 같은 것은 현실과 궁극적으로 친화하려는 욕망의 변형체가 되고, 나아가 낭만적 초월을 그 안에 단단히 품은 상상적 고투로 읽힐 수 있을 것이다. 그래서 표면에 드러난 전언들을 문맥 그대로 귀납하여 그녀의 시를 읽는 것은 비평적 안일함을 보여 주는 것에 불과하다. 김화순의 시는 문면 뒤편에 숨겨진 의미를 통해 다가오면서 산문적 전언으로는 환원되지 않는 '시적인 것'의 감각적 파동을 깊이 숨기고 있기 때문이다.

이건 불안에 대한 방어야

내 삶의 조건이야

식별할 수 없는 보호색이야

내 기대와 애정의 탈출구야 눈속임이야

가면을 벗겨 줘 숨이 차

나로 산 지 너무 오래됐어

당신이 아는, 여러분이 아는, 시인인 내가 나야?

죄책감은 없어

거짓말이 오늘의 나를 있게 한 거야

이건 욕망의 조건이야

미래에 대한 작은 위로야

거울 속 흐릿한 실루엣 너머의 나

작은 샘물을 보며 출렁이는 나

나는 거짓과 함께 진화하지

내가 쌓일수록 나는 또렷해지고 목소리는 커지지

주위를 둘러봐 모두 자기 이야기만 하고 있어

그래도 내 코는 절대 길어지지 않아

이건 그냥 증상이야 징후야

슬픔의 분화구야

상처 입은 나에게로 우회하는 통로야

시시각각 사라지는 말들의 무덤이야

구름으로 떠돌다 비가 될,

이건 그저 삶의 조건이야 방어야 탈출구야 위로야 샘
물이야

나에 대한 빨간 애성이야 싱취로 남을

음모야

　　　　　　　　　　　　—「리플리 증후군」전문

'리플리 증후군(Ripley Syndrome)'이란 자신이 만든 허구를
진실이라고 믿고 거짓말과 행동을 반복하는 심리적 병증을
뜻한다. 자신의 삶의 조건을 이 증후군으로 은유한 시인은,
그것이 불안을 방어하고 스스로를 보호하며 "기대와 애정의

탈출구" 역할을 해주고 있고 그럼으로써 우리의 삶은 눈속임과 가면으로 이루어진 것이라고 고백한다. 그렇게 '나'로 살아온 지 오래되었지만 "당신이 아는, 여러분이 아는, 시인"은 죄책감도 없이 거짓말로 '오늘의 나'를 만들어왔다는 것이다. 물론 그것은 불가피한 삶의 조건이지만 인간이면 누구나 가지는 "욕망의 조건"이기도 할 것이다. "거울 속 흐릿한 실루엣 너머의 나"나 "작은 샘물을 보며 출렁이는 나"를 위안하면서 거짓과 함께 진화해 가는 것이 인간일 테니까 말이다. 그렇게 슬픔의 분화구에서 쏟아지는 이야기는 "사라지는 말들의 무덤"으로 나아가면서, 모든 존재자들을 말과 행동, 욕망과 탈脫욕망이 얽히면서 구성되는 삶의 조건으로 안착시켜 가는 것이다.

그런데 어쩌면 시인의 이러한 고백 자체가 허구적 설정일 수도 있을 것이다. 시인은 자연스럽게 "한 번도 제대로 미쳐보지 못한 나는/ 도시 한복판에서 야생과 탐험을 꿈꾸고/ 아랫목에 누워 바다와 유목을 그리고/ 개 한 마리 기르며 편안과 굴욕을 배우고/ 밥도 안 되는 말을 끌어안고 전전긍긍"(「미친 개나리」)하고 있다고 고백하는데, 인간이면 누구나 겪을 법한 삶의 복합성을 내면 토로를 통해 부조浮彫하는 과정이 거기 각인되어 있는 것이다. 이와 함께 시인은 "내 몸은 암호투성이"(「암호 해독자」)라고 말하면서 스스로 "안주와 질주 사이를 방황하며/ 끊임없이 경계를 날아오르는"(「박쥐」) 존재임을 역설해 간다. 이처럼 삶의 비극성으로부터 어떤 구원의 상태에 이르려는 열망에 의해 구축된 김화순의 시는 언어의 활력과 생의 아이러니를 통해 새로운 '시적 현실'을 만들어낸다. 시인은 이러한 상상적 제의祭儀를 집전하는 샤먼을 자임하면서 격정과 친화의 이중성으로 미학적 카타르시스를 전달해 주는 것이다. 그만큼 김화순은 아늑한 소통보다는 혼돈의 세계에 대한 애착으로 삶의 율동을 심미화함으로써 우리에게 역설적 구원 가능성을 암시해 주는 시인이다.

3. 현대인의 욕망을 들려주는 다성성의 위의威儀

다음으로 김화순의 시는 현대인의 삶을 관찰하고 투시함으로써 그 욕망의 조감도를 훤칠하게 그려낸다. 그녀가 보기에 현대인들은 과학-기술 복합체가 구축한 신전에서 일상적 예배를 치러간다. 이때 시인은 신성 부재와 사물화의 삶의 형식을 고증하고 기록하는 기율을 생성해 간다. 현대인의 경험을 사실적으로 재현하면서도 감각적 비의秘義를 동시에 추구하는 진중한 방법론을 통해, 그러한 비의 파악이 이성적으로만 되는 것이 아니라 감각적 현존을 통해서도 이루어진다는 자각을 선명하게 들려준다. 이때 비의는 지성의 유예가 아니라 이성 중심의 인식론이 가지는 한계를 넘어서는 방법이 되어준다. 그녀는 균열의 섬광을 통한 현존과 초월의 방법론으로써 '시적인 것'이 들려주는 다성성의 위의威儀를 한껏 표현하고 있는 것이다.

오랜 직장 생활의 후유증이라고 한다

상사가 주는 상사 병을 이겨내고

야근 수당 대신 보람만 챙긴 결과라고 한다

열정 페이로 오래 견딘 합병증이라고 한다

주말도 반납하고 단체 등산에 해병대 캠프를 다니며

상명하복을 따른 이유라고 한다

그레도 어느 날 의사가 사라질까 두려워

스스로 의자가 되었다고 한다

의자를 떠나는 순간 떠도는 유랑은 시작된다

그만큼 네 개의 다리로 진화하는 일은 지난하다

그는 지쳐서 멘토를 찾기보단 셸터를 찾는다

그래도 의자 고행은 사대 보험이라는 보호 장벽을 쳐준다

가슴에 품고 다닌 사표는 언제쯤 출사표가 될까

수없이 푼 사지선다형 문제들은

답이 없거나 답이 여러 개인 주관식 문제 앞에서 길을
잃는다

좀 놀아본 언니들이 새삼 부러운 호모 체어쿠스

기준에 맞춘 꿈은 이미 꿈이 아니다

그는 오피스 우울증에 시달리면서,

퇴사 우울증에 시달리면서 네 다리로 진화한다

꼬리뼈에 숨어 살던 퇴화된 본능이 의자로 진화한다

40만 공시족의 나라에서 수행되는 거대 진화 프로젝트

속수무책 사회로 진입한 후

끊임없이 의자 수행 중인

오래된 일류,

새로운 인류……

그들은 네 다리를 가진 순한 개보다 더

주인을 잘 따른다

　　　　　　　　　　　　—「호모 체어쿠스」 전문

　"호모 체어쿠스"는 오랜 시간 의자에 앉아 생활하는 현대
인을 비유적으로 이르는 말이다. 이러한 명명을 얻기까지
"그"는 그야말로 의자에 앉아, 의자가 사라질까 두려워하
며, 스스로 의자가 되어가는 시간을 이어왔을 것이다. 직장
생활의 "후유증"이자 "상사 병"이자 "합병증"이기도 한 이
러한 조건은 의자를 떠나면 바로 유랑이 시작되는 상명하복
의 이치에 의한 것이다. 그래서 "그"는 네 개의 다리로 진화
해 가는 동안 고행에 지쳐 피난처를 찾는 동시에 사표를 출
사표처럼 품고 다니면서 "오피스 우울증"과 "퇴사 우울증"
을 견뎌낸 것이다. 그 결과 꼬리뼈에 숨어 살던 본능도 의자
로 진화해 가고 "그"는 항구적으로 "끊임없이 의자 수행 중
인/ 오래된 일류,/ 새로운 인류"로서 살아간다. "생각을 버
리니 감각만 남는"(「느낌표」) 퇴화 과정이 여기에 개입하고 있
는 것이다. 이때 시인은 '상사/상사 병' '사표/출사표' '일류/
인류' 같은 일종의 언어유희(pun)를 통해 현대인의 존재론적

복합성을 표현하는데, 이러한 언어 충동은 그녀의 시에서 퍽 빈번하게 발견된다. 예를 들어 '파랑/파란'(『파랑의 파란만장』), '죽변항/변죽'(『-라구요』), '멍때리는/멍든 말'(『리셋』), '간절해지는/간절기'(『백로 부근』), "비문飛文/비문秘文/비문飛蚊/비문非文"(『비문증』) 같은 계열체를 파생시키면서 김화순 시인은 자신의 시를 활달하고 중층적인 언어 기호의 장場으로 만들어간다. 어쨌든 "호모 체어쿠스"는 삶의 단조로운 반복성과 세속적 상승 의지라는 현대인의 상황과 욕망을 결속하여 그 존재 조건을 투시한 이례적인 작품이라 할 것이다.

이른 아침 경마장에 모여든 사람들

대형 화면 앞에 앉아있다

어린 아들도 잊고

휠체어에서 기다리는 병든 남편도 잊고

말들의 경주 황홀하게 바라본다

평생 풀리지 않는 일들 이곳에서 풀리려나

마권에 말의 이름을 적으며

홀리듯 한 달 치 생활비를 건다

말을 너무 사랑한 중년 여자는

수십 년간 말굽에 차이고도 눈뜨면 이곳에 온다

그녀는 꿈에서도 말과 함께 달린다

팔순 노인은 흐릿한 눈 비비며 마권 번호를 커닝 중이다

저승길 노잣돈 마련하려는 걸까

한때 인삼밭으로 큰돈을 쥐락펴락한 여사장은

전 재산을 날리고도 이곳을 떠나지 못한다

평생 남의 발에 차이며 폐지 줍는 여자도

여기 오면 살맛이 난다

사람들이 하나둘 떠나는 저물녘 경마장

희망은 오늘도 말발굽 소리에 파묻힌다

—「에쿠우스」 전문

이번에는 "에쿠우스"가 비유의 중심에 서있다. 에쿠우스는 "말"이라는 뜻도 가지고 있고 특정 연극을 이르는 고유명사이기도 하다. 이른 아침 경마장에 모여든 사람들은, 앞에서 본 "호모 체어쿠스"와는 또 다른 의미를 가진 욕망의 주체들이다. 그들은 대형 화면 앞에 앉아 말들의 경주를 황홀하게 바라본다. 풀리지 않는 일들이 여기서 풀리기를 바라면서, 마권에 말의 이름을 적으면서, 눈 뜨면 이곳에 나타나 홀리듯 생활비를 건다. 결국 그것이 환각이었다는 것을 알면서도 이곳을 떠나지 못하는 사람들은 역설적으로 이곳에서 살맛을 느낀다. 물론 해가 저물면 그들이 경마장에 걸었던 희망은 모두 말발굽 소리에 파묻혀 버리지만 말이다. 그렇게 시인은 수많은 에쿠우스들이 품는 욕망에 대하여 "산다는 건 내게 날아든 수많은 폭탄들/ 혹은 내가 던진 수많은 폭탄들/ 꼭 끌어안고 자폭하는 일"(「폭탄」)임을 보여 준다. 그렇게 오늘도 생활의 마법(魔法/馬法)은 지속되어 간다.

이처럼 김화순 시인의 시선에 들어온 현대인은 그 변화를 인지하기도 전에 전혀 다른 패러다임으로 몸을 바꾸는 가파른 시대를 살고 있다. 인간의 욕망은 우리가 천천히 음미하면서 내면화할 수 있는 에너지가 아니라 그 자체가 삶의 흐름을 주도하는 능동적 주어가 되어버렸다. 그래서 우리 주위에서는 약하고 작고 느리고 오랜 사유가 내몰리고, 그 대신 강하고 크고 빠르고 낯선 욕망들이 삶의 목표로 대체되기에 이르렀다. 이때 긴요하게 요청되는 것이 바로 눈 밝은 시인의 역설적 예지라고 할 수 있는데, 왜냐하면 아무리 우리 시대가 강하고 크고 빠르고 새로운 것만이 살아남는다고 하더라도, 그와 반대로 부드럽고 소소하고 느리고 오랜 것들이 여전히 우리를 살아가게 하는 근원적인 힘이기 때문이다. 김화순의 시는 현대인의 욕망을 사실적으로 적시하면서 그 심층에 우리가 잃어버린 이러한 근원적인 힘을 역상逆像의 '시적 현실'로 제시해 주고 있는 것이다.

4. 시간의 기억을 통해 구성하는 시 쓰기의 자의식

또한 김화순은 '문자/문장/책'의 연쇄적 은유를 통해 시 쓰기에 대한 충일한 자의식을 표현하고 있다. 이러한 과정은 스스로 글을 쓰면서 살아온 시간을 지나간 것으로 흘려보내지 않고 여전히 몸 안에 축적된 강렬한 현재형으로 암시하는 데서 이루어진다. 원래 과거를 과거이도록 하는 기준은 그것이 바로 지금은 부재한다는 판단에 따르는 것인데, 이때 과거는 기억이 지시하는 대상으로 존재하게 될 뿐이다. 하지만 김화순의 기억은 과거와 현재의 거리를 '시 쓰기'라는 행위의 연속성으로 이어감으로써 과거의 경험을 현재의 것으로 전환시키는 구성적 계기를 만들어낸다. 그녀는 그러한 기억의 구성 작업을 단호하고도 결연한 형상 속에 수행해 내고 있는 것이다. 그 점에서 그녀는 모든 사물들에서 오랫동안 글을 읽고 받아 적는 자의식을 온몸으로 표현해 가는 현재형의 시인이다.

빗소리를 적는 영국사 은행나무
누천년 동안 집필 중인 고서

빗방울 떨어질 때마다 글자들 바닥에 쌓인다
사유의 무게로 어깨 내려앉았다

구름과 바람과 햇살이 무장무장 쓰인 책갈피
가을이 책장을 넘기며 바랜 시간을 읽고 있다

햇살 아래 녹아내린 이카루스의 전언들
부은 발등 수북이 계절을 복기하고 있다

나무 그늘에 들어 내 그림자를 벗어버리자

내 안을 점거한 무형의 시간들 쏟아져 나온다

겹겹이 주름진 불안이 서서히 펴진다
내가 썼던 글들은 나무 아래 흩어진 한 잎의 낙엽일 뿐

도리 없이, 대책 없이, 여지없이 불려 나오는
나를 읽는다

—「아주 오래된 책」 전문

　　시인은 빗속의 영국사 은행나무를 "누천년 동안 집필 중
인 고서"로 비유해 본다. 은행나무는 빗속에 그저 서있는
것이 아니라 빗소리를 지금 이 순간에도 낱낱이 기록하고
있는 것이다. 가령 빗방울이 떨어질 때마다 글자들은 바닥
에 쌓이고 글자들 안에 담긴 사유의 무게는 나무의 어깨에
내려앉는다. 이렇게 "구름과 바람과 햇살이 무장무장 쓰인
책갈피"들이야말로 계절 따라 이울어가는 바랜 시간이기도
하겠지만, 오랫동안 "햇살 아래 녹아내린 이카루스의 전
언들"을 복기해 온 세월이기도 하지 않겠는가. 그 오랜 세
월 안으로 들어와 그림자를 벗어버리자 시인은 "무형의 시
간들"이 몸 안에서 쏟아져 나오는 것을 경험하게 된다. 결
국 시인이 써온 '문자/글'은 나무 아래 낙엽이 되어 흩어지
지만, 그럼에도 시인은 "도리 없이, 대책 없이, 여지없이"
스스로도 "아주 오래된 책"을 읽고 써가야 하는 운명적 존

재임을 예감하게 되는 것이다. 그렇게 시인은 오랫동안 "파랑을 시간을 받아 적는 모국어라 읽는"(『파랑의 파란만장』) 시간을 이어왔으며 "수없이 저물다 어둠 아래서 피어난 말들"(『물꽃』)과 "씨앗처럼 견고한 말들"(『수작』)을 받아 적어온 셈이다. 그래서 '시인 김화순'은 "행간의 간격이 좁은 말들의 감옥"(『원고지』)에 "드문드문 나타나는 치사량의 낱글자"(『양떼구름이 돌아오는 시간』)을 한 땀 한 땀 기록해 온 증언자일 수밖에 없는 것이다. "영국사 은행나무"에서 읽어낸 시간의 흐름을 시인 스스로의 시간으로 전화轉化하는 섬광처럼 빛나는 순간이 아닐 수 없다.

마음 한구석 어둑하거나 환해질 때

나는 뾰족한 가시 하나 내밀지

모래의 시간 꾹꾹 쟁인 한 방울의 피로

검붉은 속내를 흘리지

밤이 쓰린 가슴에서 별 하나씩 밀어내듯

나는 속눈썹에 묻어둔 나를 내밀지

상처를 쓰려고 가시만 내밀 뿐

속울음 꺼내 줄 낙타를 따라나서진 못하지

태양을 향해 날아올랐던 누구처럼

흠씬 녹아내리지도 못하지

늦은 밤, 홀로 테킬라를 마시며

쓴맛을 감싸는 찝찔한 사연을 읽는다

가도 가도 길 잃은 욕망

사라진 계절을 촘촘히 기록하는 푸른 손바닥

사막이 아름다운 건 우물이 있어서가 아니야

가시 펜촉으로 별을 쓰는 내가 있기 때문이지

나는 까칠한 상상이야

—「별을 쓰다」 전문

　시인은 스스로를 까칠하고 가시가 있는 '선인장'으로 비유한다. '선인장'은 마음이 어둑하거나 환해질 때 "뾰족한 가시 하나"를 내밀고 "모래의 시간"으로 쟁여온 한 방울의 피로 검붉은 속내를 흘린다. 마치 밤이 가슴에서 "별 하나씩"을 밀어내듯이, 그 순간 선인장은 "속눈썹에 묻어둔 나"를 내민다. 묻어둔 스스로를 내미는 그 순간이 바로 '시 쓰기'가 탄생하는 지점이어서 시인은 "상처를 쓰려고 가시만 내밀 뿐/ 속울음 꺼내 줄 낙타를 따라나서진" 못하는 자신을 성찰하는 계기를 가지는 것이다. 그 길은 "가도 가도 길 잃은 욕망"뿐이고, 시인 스스로는 "사라진 계절을 촘촘히 기록하는 푸른 손바닥"을 가졌지만 "가시 펜촉으로 별을 쓰는" 운명을 가질 수밖에 없다는 것도 수납해 간다. "까칠한 상상"으로 별을 적어가는 것은 그렇게 "어둠을 갈아 쓴 글자들"(「수작」)이나 "누군가 흘리고 간 겹겹의 밀어"(「블레드 캐슬」)를 적어온 시인으로서의 삶일 수밖에 없기 때문이다. 이처럼 '시인 김화순'은 "햇살 아래 반짝이는 먼 기억들"(「불가사리』을 수습하면서 "몸이 기억하는 유목의 시차/ 마음속 비상구"("모닝콜」)를 들여다보는 미학적 유목인(nomad)이자, "죽음을 환하게 피우는 것들"("바나나」)을 "자유롭게 흔들리고 흐르는 카오스"("나는 한 달에 한 번 금성에 간다」)에 내맡긴 채 까칠한 "상상으로 광합성을"("살찐 거짓말」) 해가는 감각적 양지 식물로 비유될 수 있을 것이다.

결국 김화순은 자신의 실존적 상황을 타개해 가는 상상의 힘을 대망하는 시인이다. 외롭고 높고 쓸쓸한 상황이 그 자체의 실존으로 그려지는 게 아니라, 시인의 까칠한 상상에 의해 새로운 모습으로 그려지면서 흔들림 없는 힘을 그녀에게 부여해 주는 것이다. 이때 시인은 '시 쓰기란 무엇인가?'라는 질문을 수행해 가게 되고, 선명한 시간의 삽화를 통해 자신의 사유와 감각을 들여다보고 성찰하고 표현해 간다. 그 안에서 우리는 근원적 삶의 심층이 미학적으로 귀일하고 있음을 바라보게 되고, 또 근원적 시간들이 깊이 농울치고 있음을 발견하게 된다. 이러한 노력은 우리에게 시사하는 바가 매우 큰데, 이는 그 이면을 이루고 있는 것이 바로 김화순 시인의 타자들에 대한 사랑이기 때문이다. 이처럼 우리는 시인이 수행해 가는 기록으로서의 시가 펼쳐져 가는 사랑의 순간을, 가혹한 운명처럼, 전혀 다른 문장들로 바라보고 있다. 시간의 기억을 통해 구성하는 김화순 특유의 '시적 현실'이 그 안에 출렁이고 있는 것이다.

5. 일상과 역사의 중층성에 주목하는 시간 의식

나아가 김화순은 일상과 역사의 중층성에 주목한다. 자신을 규정해 왔던 여러 기억을 통해 자신의 존재론적 기원을 탐색하는 시 쓰기 과정을 보여 준 그녀는 이러한 낭만적 충동과 회귀 의식을 내내 관철하면서 강렬한 서사(narrative) 충동을 건지하고 있다. 여기서 우리는 구체적 시공간을 삶의 은유로 바꾸는 반듯하고 정통적인 서정시의 모습을 확인하게 된다. 그야말로 실존적 고백으로서의 기억과 기록이 아닐 수 없을 것이다. 그렇게 시인은 흩어져 있는 사물들을 관조하면서 그들에게 저마다의 이름을 주고 그들과 깊이 소통하며 그들이 자신의 삶과 맺고 있는 유추적 연관을 탐색해 간다. 그런데 시인이 바라보는 사물들 사이의 내적 연관성이라는 것은 일상적 결에 빚진 것도 있고, 역사의 흔적에 비추인 것도 있다.

불량한 하루예요 날이 저물 듯 기념일은 돌아오고 해가 뜨듯 국경일이 와요 일요일은 못 본 책처럼 책장에 쌓여 가요 나는 두꺼워진 얼굴을 벗고 잠자리에 들어요 도시의 별들은 제 빛을 잃고 달빛처럼 창백해요 베란다에 버려진 결단은 양파처럼 썩어가고 설거지통에는 하루치의 연민이 쌓여 있어요

불온한 사랑이에요 상상력이 멈추면 속이 환히 보이거

든요 사랑을 찾는 것만큼 슬픈 일은 없을 거예요 사랑을 알게 될 즈음 우린 헤어져 건너편 별로 건너가지요 그래도 월요일은 오고 꿈은 쌓여 가요 재활용 함에 쑤셔 넣은 사랑을 다시 입을 수 있을까요 신념은 서랍 속에서 조금씩 무너져요 시간은 용병처럼 힘차게 걸어가고 나는 점점 다리에 힘이 빠져요 아침을 깨우는 비둘기 울음은 광고의 배경음처럼 익숙해요

불량한 하루예요 길 가다 영화관에 들러 무뚝뚝한 영화를 보고 팸플릿을 챙겨요 오늘도 내 귀는 종일 사소하고 밋밋한 것들을 모아요 지나치는 것의 등을 힐끗, 바라보는 나날들 오늘도 나는 오른쪽으로 기울어요 내 안 재미없는 과거를 세고 있는 문장들 내일을 아는 하루가 태양 아래 반짝여요 그래도 아침은 오고 어제는 절뚝이며 걸어가지요

—「불량한 하루」 전문

여기서 시인이 노래하는 "불량한 하루"는 우리가 매일매일 겪는 무심한 일상의 명명이자, 어쩌면 그렇게 하릴없이 흘러가는 인생 전체를 환유하는 것인지도 모른다. 그런 "하루"는, 해가 뜨고 날이 저물듯이, 기념일처럼 국경일처럼 일요일처럼 찾아온다. 채 읽지 못한 책처럼 쌓여 가는 미완의 형식으로 "불량한 하루"는 두꺼워진 얼굴을 하고 다음날로 이월해 갈 뿐이다. 창백해진 결단과 연민이 그 위로 쌓여 간다. 하지만 시인은 여전히 "불온한 사랑"을 꿈꾼다.

꿈과 상상이 멈추면 불온성은 속을 환히 드러낸 채 소멸하는데, 사랑을 찾는 것만큼 슬픈 일은 없지만 그래도 월요일처럼 찾아오는 시간 속에서 꿈과 상상은 소중하게 쌓여 간다. "불온한 사랑"은 "불량한 하루" 가운데 가장 빛나는 예외적 순간이었던 셈이다. 그 순간은 용병처럼 힘차게 걸어가고 비둘기 울음처럼 새로운 아침을 깨운다. 온종일 사소하고 무뚝뚝하고 밋밋한 순간을 담아내던 "문장들"은 이제 "내일을 아는 하루가 태양 아래" 찾아와 반짝인다는 것을 노래해 갈 것이다. 그때 시인의 하루는 시인으로 하여금 "언젠가 나만의 음계가 완성되는 날"(「나는 한 달에 한 번 금성에 간다」)을 확인하게끔 해줄 것이다. 그렇게 무료한 일상을 뚫고 찾아오는 순간의 문장들을 시인은 "빗방울 채찍 온몸으로 견디는 이교도들"(「담쟁이」)처럼 반영하면서, 스스로는 "흩어지다 뭉치다 흐르다 흘러내리는 편애의 흔적들"(「구름출판사」)을 찾아 떠나는 일상의 순례자로 등극해 갈 것이다. 그리고 그러한 순간은 시인이 역사의 현장에서 탐색하는 문장들에도 반영되고 있다.

그 자작나무 숲에는 자작나무가 없다

수만 그루의 공포와

겹겹 둘러친 수만 평의 침묵과

흩어진 수만 발 총탄의 기억들만 있다

그 자작나무 숲에는 퍼내고 퍼내도 줄지 않는

무진장한 슬픔이 저장되어 있고

수만 번의 간절한 기도와 울음과 총성이

귓전을 맴돌고 있다

지워도 씻어도 사라지지 않는

무진장한 멍빛 침묵의 집합소

그 자작나무 숲에는 더 이상 자작나무는 없다

울음의 벽에 기대선 시든 꽃다발과

그을음으로 지친 굴뚝과

철도를 따라 사라진 사람들의 환영만 있다

살아남은 자작나무 몇 그루가

진초록 이파리 흔들며 온몸으로 간증한다

하얗게 파고드는 햇살의 일침에

내 눈은 마냥 아득하고 어지럽다

그 자작나무 숲은 이제

독가스 통과 바랜 머리카락과 낡은 사진들과

주인 잃은 구두 더미를 기어오르는 호기심만 있다

그 자작나무 숲은

애도와 광란의 핏빛 상품만 진설되어 있다

　　　　　　　　　　─「자작나무 숲의 안부」 전문

　　세기의 잔혹사를 불러왔던 '아우슈비츠'는 예전에는 '브제
진카'라고 불리는 자작나무 숲이었다고 한다. 역사의 폭력
이 할퀴고 간 그 숲에 이제 자작나무는 없다. "공포"와 "침
묵"과 "총탄의 기억"만 느런히 흐르고 있는 숲에는 "퍼내고
퍼내도 줄지 않는/ 무진장한 슬픔"과 "수만 번의 간절한 기
도와 울음과 총성"이 출렁이고 있을 뿐이다. 모든 이의 기
억 속에 "지워도 씻어도 사라지지 않는/ 무진장한 멍빛 침
묵의 집합소"로 남을 자작나무 숲에는 "울음의 벽에 기대선
시든 꽃다발"과 "그을음으로 지친 굴뚝"과 "철도를 따라 사
라진 사람들의 환영"만 남아있다. 마치 그 현장에서 살아남
은 이들처럼 "살아남은 자작나무 몇 그루"가 그때의 순간을
간증하는 것처럼 보인다. 그곳에서 시인은 "독가스 통과 바
랜 머리카락과 낡은 사진들"과 함께 "애도와 광란의 핏빛 상
품"만 호기심으로 진설되어 있는 자작나무 숲의 안부를 묻
고 있다. 결국 김화순 시인은 "전선 위의 새처럼 줄지어 기
다리던 국경의 시간들"(「우기에는 별이 없다」)을 넘어 역사의 기
억 속에서 "비주류로 살아온"(「초식동물처럼」) 이들을 역사의
위편으로 오버랩하고 있는 것이다.

　　이처럼 우리가 김화순의 시를 통해 경험한 '시적 현실'은
한시적 열정이나 좌절을 넘어 일상과 역사의 구체적 기억
으로 훌쩍 넘어간다. 이러한 이월과 교체를 통해 모든 시간

은 기억과 망각으로 양분되어 흘러갈 것이지만, 김화순은 그것이 축제의 환희든, 일상의 나른함이든, 역사의 굴곡이든, 그것들을 역사화하고 신화화하고 화석화하면서 또 다른 서사를 찾아 떠난다. 이때 그녀의 시는 이러한 삶의 복합성과 시간의 비의를 예시하기에 충분한 화폭을 보여 주면서, 삶의 여러 얼굴을 드러내주는 여러 장의 거울로 다가온다. 구체적 경험을 통해 자신의 삶을 반성적으로 반추해 보기도 하고, 새로운 세계에 대한 간접 경험을 풍요롭게 하기도 하는 그녀의 시편을 통해 우리는 대상을 향한 한없는 그리움과 우리 스스로의 존재론적 기원을 만나게 되는 것이다. 이처럼 그녀가 일상과 역사의 중층성에 주목하는 시간 의식은 그렇게 세상을 향해 역설적인 '시적 현실'의 빛을 뿌린다.

　서정시는 진솔한 자기 고백과 확인을 가장 기본적인 창작 동기로 삼는 언어예술이다. 그래서 그것은 철저하게 시인 자신의 실존적 성찰과 다짐을 배경으로 하여 발원하고 씌어지게 된다. 그만큼 서정시의 저류底流에는 시인이 오랫동안 겪어온 절실한 경험 가운데 가장 깊은 기억의 순간이 녹아 있는 경우가 많은 것이다. 그 시간의 지층에서 김화순 시인은 회감과 예감을 동시에 치러내면서 현실의 재구축보다는 전혀 다른 '시적 현실'의 상상적 탈환 과정을 선명하게 보여준다. 이번 시집은 그러한 과정의 창안과 수행을 통해 결국 자신의 실존으로 귀환하는 속성을 담아낸 결실로서, 우리는 그녀의 시를 통해 세상을 역설적으로 개진해 갈 수 있는 힘을 얻게 된다. 그 점에서 김화순 시인은 이 폐허와 절멸의 시대를 견디게끔 해주는 언어의 사제司祭인 셈이다. 이제 우리는, 새로운 '시적 현실'을 창안해 내는 기억과 상상의 시 쓰기 과정을 눌러 담은 세 번째 시집을 출간하는 시인의 성취를 경이의 눈으로 바라보면서, 그녀가 이번 시집을 딛고 넘으면서 더 깊은 미학적 진경進境으로 나아가게 되기를 마음 깊이 소망해 본다. 그 다음 행보에서 더욱 삶의 기억과 친화해 가는 '시인 김화순'을 만날 것을, 오랜 신뢰의 시간으로 기대하면서 말이다.